고양이는 어디서 명상하는가

집으로 온다. 한 송이, 두 송이, 꽃을 따라서 온다. – 제인 리치홀드

고양이는
어디서
명상하는가

데이비드 베어드 엮음 | 안도현 엮고 옮김

황금**부엉이**

침묵의 소리를 듣는 자

무한無限의 소리를 듣는다.

앤 윌슨 섀프

오늘, 나는 낙엽을 쓸리라.

혹은 냇물에 떠내려가는

붉은 단풍잎을 따라가리라…….

아니면 그저 이대로 있어도 좋으리.

이블린 랭

잠이 들어도……

깨어 있어도……

곁에 아무도 없는 침대는 넓기만 하구나.

가가 노 지요

그대 아닌 그 어떤 것도 그대에게 **평화**를 가져다 줄 수 없으리.

랄프 월도 에머슨

KONOBA - TAVERHA
"iva"

서두르는 자들은 결코 도달할 수 없다.

선禪 속담

조용히 앉아 아무것도 하지 않아도 **봄**은 오고 **풀**들은 스스로 자란다.

선禪 속담

가장 위대한 기도는 인내이다.

붓다

인생이란

때론 가까이, 때론 멀리서 들리는 파도 소리.

산토카

하늘 높이 날다 지친 **독수리**

날개를 접고 둥지로 쉬러 돌아가듯이

빛나던 자아도 온갖 욕망으로부터 해방되어

꿈 없는 잠 속으로 빠져든다.

브리하드아란야카 우파니샤드

나는 듣는다, 바람이 불어오는 소리를.

나는 듣는다, 수숫대 자라는 소리를.

나는 듣는다, 성모님 기도하는 소리를.

나는 듣는다, 그녀가 무어라 말하는지!

헤스터 시거슨

마음이란
눈으로는 찾을 수 없는 것.
마치 하늘 위에 찍힌
새의 발자국처럼.

젠린

진정한 탐험이란 새로운 풍경을 찾는 것이 아니라
새로운 눈을 가지는 것이다.

마르셀 프루스트

더 깊이 **침묵**할수록
더 많은 소리를 들을 수 있다.

바바 람 다스

사람이 제 할 일과 제 할 말을 다하면 그때서야 깨닫게 되리라.

천국의 기쁨으로 몸을 씻은 자는 마음의 **평화**를 얻고

세속의 근심으로부터 벗어난 자는 만족을 얻으리니,

생의 가장 **달콤한 순간**은 사색을 하며 보낸 시간이다.

토마스 보 경

천국의 새는

자기를 잡으려고 하는 손에는 날아들지 않는다.

존 베리

우리는 움직임 속에서 멈춰 있는 법을 배우고
고요함 속에서 역동하는 법을 배워야 한다.

인디라 간디

꽃을 구하는 자는 꽃을 얻을 것이요,

잡초를 탐하는 자는 잡초를 얻을 것이다.

헨리 워드 비처

세상 같은 것은 그대로 내버려두고

나는 낮잠을 즐기는 수도승.

나쓰메 소세키

경계는 **불멸**에 이르는 길이다.

담마파다

나는 구도의 길을 따라가지도 않지만 벗어나지도 않는다.

나는 붓다를 숭배하지도 않지만 욕되이 하지도 않는다.

나는 기나긴 참선을 하지도 않지만 게으르게 앉아 있지도 않는다.

나는 하루에 한 끼만 먹지도 않지만 더 먹으려 욕심 부리지도 않는다.

나는 아무것도 탐하지 않으니, 이것이 바로 내가 구도의 길이라 부르는 것이다.

바수반두

끊임없이 경계하라.

부정한 생각으로부터 네 마음을 지켜내야 할지니.

붓다

걷고 있는 동안은 그 걸음걸이를 돌아보고

앉아 있는 동안은 그 앉음새를 성찰하라…….

선禪 속담

모래알 한 알에서 세상을 보고

들꽃 한 송이에서 천국을 보려면

손바닥으로 무한함을 쥐고

순간 속에서 영원을 잡아라.

윌리엄 블레이크

통찰력이란 보이지 않는 것을 보는 능력.

조나단 스위프트

친구란 내 인생을 비추는 햇살.

존 해이

그렇다, 열반은 있다. 푸르른 초원으로 양떼를 이끄는 손길에도,

어린 아이를 재우는 손길에도, 시의 마지막 행을 쓰는 손길에도.

칼릴 지브란

내가 신을 보는 눈이 바로 신이 나를 보는 눈이다.

마이스터 에크하르트

자연은 우리에게 두 개의 귀와 두 개의 눈을 주었으되

혀는 오직 하나만을 허락하였으니,

이는 말하기보다는 듣고 보기를 더 많이 하라는 뜻이다.

소크라테스

나는 세상을 등졌노라.
저 분주한 거리도 먼 옛날의 고즈넉함조차도.

나쓰메 소세키

날자, 날자, 날자.
다시 **한 번만 더** 날자구나.

이상

달빛이 숲 속의 오솔길을 밝히자
우리집 앞으로 길이 시냇물 되어 흐른다.

데이비드 베어드

늘 **햇살** 비치는 곳만 바라보면

그늘은 보이지 않는 법이다.

헬렌 켈러

온갖 세속적인 체면을 벗어난 마음의 평화,

차분하고 고요한 양심.

윌리엄 셰익스피어

풀잎마다 천사가 있어

허리 굽혀 속삭인다.

"쑥쑥 자라렴, 쑥쑥 자라렴."

탈무드

아름드리 나무도 솜털 같은 싹에서 자라나고,

우뚝 솟은 구층 탑도 흙벽돌 한 장에서 비롯하고,

천릿길 여행도 **한 발자국**부터 시작된다.

노자

나를 좀 제발 그냥 놔두시오.

파트리크 쥐스킨트

바깥 세상을 헤매 다니지 않아도 **온 세상**을 알 수 있고

창 밖을 내다보지 않아도 세상의 이치를 볼 수 있느니,

멀리 가면 갈수록 아는 것은 더욱 적어지는 법.

노자

강바닥의 자갈들이

달그락 달그락

물을 맑게 한다.

나쓰메 소세키

산다는 것은 속으로 이렇게
조용히 울고 있는 것이란 것을
그는 몰랐다.

신경림

달걀을 모두 한 바구니에 담고
그 **바구니**만 잘 지키면 된다.

마크 트웨인

바람과 옥수수가 서로 속삭였을 것이다.

비와 옥수수도 서로 속삭였을 것이다.

태양과 옥수수도 서로 **속삭였을 것이다.**

칼 샌드버그

무언가에 빠져 있다 해서 나태한 것은 아니다.

세상에는 보이는 노동과 보이지 않는 노동이 있으니,

명상을 한다는 것은 고뇌를 한다는 뜻이요,

생각을 한다는 것은 실천을 한다는 뜻이다.

팔짱을 낀 팔이 일을 하고 깍지를 낀 손이 **행동을 하는** 것이다.

빅토르 위고

휴식은 게으름이 아니다.
어느 여름날 나무 밑 풀밭에 누워
냇물의 속삭임에 귀를 기울이고
하늘에 떠가는 구름을 바라보는 일은
결코 시간 낭비라 할 수 없다.

존 루복 경

하루가 저물고
혼자 앉아 생각에 잠길 때
하루가 가져다 준 기쁨을 노래하는
축가와 종소리 울려 퍼질 때
그 충만했던 하루의 끝이 이 지친 마음에
어떤 의미가 될 수 있다고 생각하는가, 그대?
붉게 타는 노을을 남기며 태양이 지고
사랑하는 친구들과 헤어져야 하는 바로 그 때.

캐리 제이콥스 본드

침묵은 말이 없이도 존재할 수 있지만

말은 침묵이 없이는 존재할 수 없다.

막스 피카르트

고양이는 어디서 명상하는가

2003년 9월 22일 초판 1쇄 인쇄
2003년 9월 29일 초판 1쇄 발행

엮은이 | 데이비드 베어드
엮고옮긴이 | 안도현
펴낸이 | 이종원
펴낸곳 | ㈜ 황금부엉이

주소 | 서울 마포구 서교동 353-4 첨단빌딩 5층
전화 | 031) 903-3380(마케팅부) 02-338-9151(편집부)
팩스 | 031) 901-8177(마케팅부) 02) 3142-3344(편집부)
출판등록 | 2002년 10월 30일 제 10-2494호

편집부장 | 장석희
편집팀장 | 여성희
편집 | 김희진
디자인 | 씨오디
마케팅 책임 | 김유재
제작 | 구본철

ISBN 89-90729-09-2 03840